ISBN : 978-2-09-251154-1
N° éditeur : 10166367 - Dépôt légal : janvier 2010
Imprimé en France par Pollina - n° L52588

Conte traditionnel
Illustré par Myriam Deru

Souricette

 Il était une fois une petite souris grise
qui vivait dans un champ de blé noir,
et qui avait bien envie de courir le monde.
Elle se mit à trotter çà et là, fourrant
son nez pointu sous tous les tas de pierres
et sous toutes les touffes d'herbe, et regardant
partout de ses petits yeux noirs et brillants.

Tout à coup elle aperçut dans des feuilles sèches
un petit objet rond, brun et lisse.
C'était une grosse noisette, si polie et si brillante
qu'elle eut envie de l'emporter à la maison,
et elle avança sa petite patte pour la prendre,
mais la noisette se mit à rouler.

Souricette courut après, mais elle roulait très vite
et arriva jusque sous un grand arbre, et là,
se glissa sous une des grosses racines.
Souricette enfonça son museau sous la racine,
et vit un trou rond, avec des escaliers, tout petits,
tout petits, qui descendaient sous la terre.

La noisette roulait le long des escaliers :
tap, tap, tap.
Souricette descendit aussi les escaliers.
Tap, tap, tap, en bas roulait la noisette,
et en bas, tout en bas, descendait Souricette.

– Vous êtes ma prisonnière, dit-il à la petite souris.

– Et pourquoi cela ? fit-elle tout effrayée.

– Parce que vous avez voulu voler ma jolie
noisette.

– Je ne l'ai pas volée, dit Souricette, je l'ai trouvée
dans le pré. Elle est à moi.
– Non, c'est la mienne, dit le petit homme rouge,
et vous ne l'aurez pas.

Souricette regarda partout, mais elle ne vit plus
la noisette ; alors elle voulut rentrer chez elle,
mais la petite porte était fermée, et le petit homme
rouge avait la clé.

Il dit à la pauvre petite souris :

– Vous serez ma servante ; vous ferez mon lit,
vous balaierez ma maison et ferez cuire
ma soupe.

Et il ajouta en ricanant :

– Et peut-être que si vous travaillez bien,
je vous donnerai la noisette en récompense !

Ainsi la petite souris fut la servante du petit
homme rouge ; chaque jour elle faisait son lit,
balayait la chambre et faisait cuire la soupe.
Et chaque jour le petit homme rouge sortait par
la petite porte et ne revenait que le soir,
mais il avait toujours grand soin de fermer
la porte et de prendre la clé.
Et quand Souricette lui réclamait sa récompense,
il répondait en ricanant :
– Plus tard ! Plus tard ! Vous n'avez pas encore
assez travaillé.
Cela dura longtemps, longtemps.

Enfin, un jour que le petit homme rouge était
très pressé, il ne tourna la clé qu'à moitié,
et bien sûr cela ne servit à rien du tout.
La petite souris s'en aperçut tout de suite,
mais elle ne voulait pas partir sans son salaire
et elle chercha partout la noisette.

Elle ouvrit tous les tiroirs, et regarda sur toutes
les planches, mais elle ne la vit nulle part.

À la fin, elle ouvrit une petite porte dans
la cheminée, et la noisette était là ! Dans une sorte
de petit placard.
Souricette la prit et se sauva. Elle poussa la petite
porte, vite, vite, grimpa les petits escaliers,
vite, vite, passa à travers le trou sous la racine,
et courut chez elle sans s'arrêter.

Tout le monde fut bien content de la voir,
car on la croyait morte.
Et comme elle laissait tomber la noisette sur la table,
celle-ci s'ouvrit en deux avec un petit clic,
comme une boîte ! Et qu'est-ce que vous pensez
qu'il y avait dedans ?
Un tout petit collier, en pierres brillantes, et si joli !
Il était juste assez grand pour une petite souris.

Souricette le portait souvent, et quand elle ne le
mettait pas, elle le gardait dans la grosse noisette.
Et le méchant petit homme rouge ne put
jamais retrouver Souricette, car il ne savait pas
où elle habitait.